종이 눈썹

새로운 눈 시선 ❺

종이 눈썹

김만수 시집

새로운눈®^^

기획위원 / 최 영 철, 정 일 근, 박 철

편 집 장 / 안 상 학, **주 간** / 유 종 화

自序

얼마 전 H치과에서 앞니의 벌어진 틈새를 메꾼 이미지용 가짜 이빨을 끼우고부터 대중없이 실실 웃고 다니며 자신 있게 이빨 드러내고 사진을 찍기도 한다. 제법 가지런한 가짜를 신뢰하게 된 것이다. '가짜 이빨'도 '종이 눈썹'도 통하는 시대, 깊숙이 아름다운 세상에 나를 끼워 넣으며 다시 한 번 내 작업의 한 매듭을 묶는다.

내 밀도 없는 삶과 성근 의식의 틈새를 본다. 많은 날 동안 가짜 눈썹을 붙이고 아이들을 가르치고 세상과 만나고 어눌한 언어로 통정해 왔구나 싶다. 세상에는 제 한 몸 던져 틈새를 메우는 일에 기꺼이 복무하는 아름다운 것들이 있다. 하여 고운 무늬로 되살려놓는 것들이 있다. 마르고 찢어진 틈새마다 스며 푸르게 일으켜 놓은 저 평평한 숲에 내리는 녹우, 그 조용한 절차와 힘을 다시 본다.

이제 다시 오지랖 여미며 틈새를 통해 세상의 금기를,
눈부신 그 한낮을 보아야겠다.
그 화려한 간격을 메꿀 수 있는 내 시를……
하얗게 표백되어 흘러내릴 지도 모를.

2003년 9월 푸른 산방에서

■ ■ ■ ■ ■ ■ ■ ■1

■ ■ ■ ■ ■ ■ ■ ■2

■ ■ ■ ■ ■ ■ ■ ■3

1

서울상회에 가야한다

어머니의 전동재봉틀이 섰다
나의 꽃무늬 속옷 몇 장과
당신의 이른 수의가 말가져 나온 아침
느리게 타원을 그리던
그 불규칙한 재봉틀 소리를 쥐고 나는
죽도 다리목 미싱기름집
서울상회에 가야한다
틀 기름 한 병과
한 방구리 흰 실을 사와야 한다
구청소속 비둘기들 햇살과 나사를 발라내는
복개천 철물점 골목 안 거기까지 가야한다
어머니의 나사와 볼트
낡은 피대에 다시 습기를 주기 위해
그 길고 느린
어머니의 울음소리 이어주기 위해
서울상회에 가야한다 나는.

사진

허리에 손 올리고
헌병처럼 서서 찍은 사진 내게도 있습니다
사변 직후 건빵주머니 달린 바지로
사단 주보 앞에서 나이방 쓰고 찍은
아버지 사진과 꼭 같습니다
숫것들 다 그런 똥폼 잡고 허댄 시간들 있습니다
세상의 길이 열려 있고
길을 만들며 갈 수 있을 때입니다

아이들 뒤세우고
아내와 찍은 가족사진 내게도 있습니다
우리 삼남매 뒤세우고 찍은
퍼억 터지던 사진관 사진
아버지의 그것과 꼭 같습니다
젖 주어 키운 것들 한데 모아
같이 살았던 때 기념하는 시간들 꼭 있습니다
세상의 길들이 닫히고
다니던 길들이 좁아들며
흔들릴 때입니다

아내의 바다

그날 여며쥐고 온 통영바다는
그녀의 그릇에 다 담기지 않았다
해마다 초가을 그녀의 바다는 늘 그랬다
만조의 바다는 부풀어올라
파랑쥐치들이 낡은 선반 먼지 사이로 유영해 나가고
줄무늬노래미들 물 튀기며
베란다의 폐프린트와 신문지 뭉치 속을 뒤적이는 동안
그녀의 바다는 한 계절을 그렇게 견디다
조금씩 휘발되어 졸아들고
화장대에 3 × 5 사진 한 장 걸어놓고
서서히 소멸되어 갔다

늦은 햇살을 밀며 아이들과 자동차들이 돌아와
지난 여름의 기억들을 정리하고
더럽고 후덥지근한 바다의 붉은 털을 틀어내곤 했다
우리 집 어디에도 채곡히 수납되지 않던 바다는
하얗게 뼈만 남겨놓고 다 빠져나가고
파란 물이 베인 아내의 그릇과
유리상자 몇 개에

바다의 자국만 찍어놓고
그렇게 스러져갔다
통영 바다

H치과

초록 마스크로
걸러 내놓는 그의 말은 탁하여
잘 알아듣지 못하지만
그저 누운 체 고개를 끄덕일 수 밖에 없다
정확히 물을 쏘고
허드레물에 고인 나를 걷어내가는
그들의 작업은 친절하고 일사불란하다
갈고 다듬고 떼우고 뒤집어씌우면서
그들의 공동작업은 반짝임과
평화로운 저녁을 지향한다
마취주사 혹은 그들의 공구가
복사해 내는 내 오십 년
잡식동물의 치흔
몇 떼기의 무밭과 배추밭을 쓸어버린
몇 포대의 멸치와 간고등어를
훑고 짓이긴 혐의
형광빛 아래 선명하다
툽툽한 이빨 사이에
마취된 바람이 아직 남아있다

눅눅한 장약같은
날아가지 못하는
쓰레기 더미

뻐꾸기

중환자실 간호사 마리아 수녀님
링그 선 속으로 스미는 맑은
뻐꾸기 소리
투명한 나사로 조절하고 있다
텅 빈 몸 속으로 흘러드는 소리가
더 많은 상한 구석으로
피멍든 구멍으로 퍼져가라고
오래오래 어둔 벽을 뚫고 가라고
평평해지라고
가늘고 길게
펴고 있다
뻐꾸기
울음
소
리

휴대폰

1.
놈의 꽁지에 보이지 않는 선을 달아주었다
바람 부는 새벽에 날려보낼 놈에게
미세한 센서를 붙여주었다
놈은 거친 삼림으로 날아갈 것이고
숲의 정령들과 교미하고 또 다른 숲을 만들며
돌아오지 않을 지 모른다 불안하다

2.
오랫동안 아버지도 내 등짝에
까맣고 얇은 깃털을 한 잎 한 잎 붙이셨다
날아가지 못했다
꽁지에 고리 달린 징을 박으셨고
움직일 때마다 내 몸에서 아버지의 소리가 났다
당신의 위수지역은 히브리 장정들이
법궤를 져다 나른 그 메마른 광야의
한 쪽 길이었다
아버지도 불안하셨을까

3.

103동 1층 애완견 해피가 뛰어가고 있다
대숲에 똥누고 하늘 쳐다보던 놈이
황망히 돌아가고 있다
진동이 왔나보다
두루룩 두루룩

용장사골

고위산 아래 녹원정사에서
보리 섞인 촌 밥 먹은 사내들
내기 족구를 한다
남새밭에 그물 치고 모두 심각하다
자꾸 자꾸 몸 쪽으로 파고드는
질기디 질긴 운명 같은 것을 걷어내고 있는
저 사내들
설잠雪岑 1)도 여기 창죽 아래 굴러오는
이승의 공을 걷어냈을까
저 아래 내남 들녘으로
날 선 공을 걷어 차내며
신화神話를 그리며 그렇게
한 생을 마감해 들었을까
선을 넘어 자꾸 날아와
발끝에서 주저앉는 공을
이 먼지 많은 행성의 기막힌
무쇠 공을 차내고 차내며 저물었을까
하이타이 몇 봉다리

---

1) 김시습(金時習)의 法號.

흰 달
감나무 아래 있다

묵호 일박

평생을 종대로 서서 힐금거리며
더운 무쇠 솥 밥 기다리다 다시
일렬로 서서 차표를 끊고 돈을 찾고
애기집 무너진 여자를 샀다
지분 냄새와 열꽃이 섞여들어
그 밤 북행열차를 타지 못했다
등뼈를 눕히고
슬레이트 지붕 위로 굴러오는 낮달과
뿔 잘린 물결
저들 속에 무량무량 번지는
완강한 평화를 봉창으로 내다본다
복사되지 않는 시절들
일렬로 빠져나가 버린 물길 위로
막막한 이명耳鳴을 후벼파는 바다새들
세상에 갚아야할
내 오래 밀린 이자를 물고
뿌욤한 유리창 속으로
풍덩풍덩 뛰어드는
묵호 일박

살구나무와 두 할머니

주인장이 선거에 지고 난 뒤부터
토종개를 골라잡는
골목 안 탕집 살구나무 그늘이
찌그러진 달을 둥글게 펴고 있다
순찰차가 카드를 찍고 간 칠월
새벽 두 시
물기 없는 빈 젖을 달랑이며 두 할머니
평상에 나와 말없이 이승의 잠을 비워내고 있다
타고 갈 수레를 하늘에 올려놓는 일과
건너갈 별 밭의 마른나무 뿌리를 캐내는 일들이
저렇듯 얕으나 얕은 잠을 후처내는 것일까
내일 눕힐 황구黃狗의 불안한 눈빛
밤 새 달 그늘을 잡아당기는 칠월
그 곁에서 골목안 사람들
대칭으로
달 냄새 개고기 냄새 젖은
환한 잠을 자고 있다
노오란 살구알
톡톡 떨어지는 담벼락에 머리 대고.

첫 그릇

아내의 찬장에는
연지 지우며 동개놓은
그녀의 첫 그릇들 가지런합니다
단 한 번 오목한 미소도 훈기도 담아내지 못한
유리 화채 그릇이며
본차이나 빨간 찻잔이며
꽃 지는 노을 속 아직도
자국눈 내리는 저녁 속 아직도
첫 손님 기다립니다
평생을 그렇게 기다리며
견딥니다

밥 한 그릇

오광장 횡단보도 건너다
초록 불 휘발되어 가는 아스팔트 가생이 뛰어가다가
솜 타는 집 둘째 경호를 봤다
언제 날 잡아
밥 한 그릇 하잔다
이렇듯 반갑고 서러우면
한 공기 밥 마주보며 먹자고 하는구나
밥 한 그릇 못 챙겨먹던 그늘이
아직도 사람 사이에 흉터처럼 걸쳐있구나
맞다, 따순 이밥 한 그릇의 감동
숱하게 곯고 살아온 우리에게는
잊지 못할 인사가 되었구나
그래
마주 앉아 밥 한 그릇 비우는 일들로
이렇듯 해는 지고 다시 오는 것이구나
그러느라고 저리 머리 벗겨지고
끝없이 바쁘구나

하산下山

우리 살아남아 얼마를 더 같이 가자고
눈은 녹고 또 산은
허리를 비워 길을 내주는가
남부영림서가 비낀 등고선
오골오골 바람이 모여 있었고
더 이상 떠오르지 않는 길을
어치 떼가 끝 붉은 나무를 타고 내리며
바람 끝의 길 멀리 열어준다
저 아득한 경계에 우린
가지런히 올려놓고 싶은 그 무엇이 또 있어
어둔 그늘 속으로 바삐 바삐 몸 던지나
짐을 꾸리고
신발 다시 신고
행성의 궤도를 짚으며
낮고 평평한 아침을 향해 가는가
저 푸른 바람의 끝을 꺾어내며
땀 배인 몸 굴리고 있는가

그 나무

일곱 번이었다
예비군 훈련 때마다 적정敵情이 불안하다고
인구밀도가 높아 지엔피가 늘지 않는다고
군의관은 내 정관을 묶으려 들었다

훈련면제 귀가조치

기대고 앉은 아침 버드나무는
가지마라가지마라 속을 다 보여주었고
장총 메고 얼쩡거리다가
정오를 넘기면
사총하고 그리그리 짠밥 먹고
다시 그 나무에 등 대고 앉아
몸 속으로 흘러드는
그 나무 소릴 듣는다

하늘 향해 생육하며 번성하게 살다가라고
저기 목 잘린 나무들 줄지어
아스팔트 위를

우우 소리치며
뛰어 가는 것 좀 보라고

합장合葬

아내의 품에 사내를 얹는 일은
오후까지 이어졌다
평생 내외하며 살았던 할아버지
바싹 마른 빈 몸에서 새어나오는
에헴에헴 헛기침 소리 대숲으로 흘러들었다
한 번은 같은 계단 나란히 내려가시라고
봉분 절반을 잘라내고
그를 내려놓는 창주리 가을
포클레인 웅웅거리는 소리 속으로
할아버지 뱉으내는 기침 소리 선명하다

먼저 누우신 할머니
손 내밀어
할아버지 소매 끌어당기는 소리
들은 사람 있었을까
찰방
한 장 대잎으로 누우시는 할아버지
슬그머니 할머니 쪽으로 돌아누우시는
대밭골 영감

그 꼬양꼬양한
몸 옆세우는 소리
들은 사람 있었을까

까치구멍집

초록봉 산그늘 속
박제된 낮은 지붕 아래로
장육사 까까머리 햇중 바쁘다
차가운 귀소

화수루2) 고자가 살던
초가까치구멍집
그 구멍에 손 넣어본다 가만히
낮은 용마루 아래
마루 높이 여물통 속
어둠 꼴삭하다
부뚜막과 벽 사이
빛이 오르내리던 코굴
그 오랜 정박을 본다
아, 오늘밤은
구멍마다 연기 자욱히 올려
지정밥 한 그릇 안치고

---

2) 화수루: 단종 폐위 시 외척의 유일한 생존자인 권오봉 공이 유배 살던 곳.
　　경북 영덕군 창수면 소재.

빈 불알 고자 곁에 누워
적소謫所에 내리는 이른 별들
그 푸른 회유를
지켜보고 싶다

홍이 포목점

금요일에는 종일 수의를 마름질하는 집
호박돌 계단 다 내려가면
제사처럼 늦은 홍이네 포목점
오동나무 붙들고 서 있지
뒤란 여울로 떨어지던 꽃잎
밤새 점점이 박혀
연보랏빛 땡땡이
물방울무늬 되기도 했지
흰 대자로 재고 무쇠가위로 잘라낸
에스란 백부루 몇 마로 한 세월
읍내를 다 덮었던 시절 있긴 있었지
물색 좋은 꽃가루 뿌려
처녀애들 가슴에 붉디 붉은
봄을 얹어 주기도 했었지
나방처럼 홍이는 자라나
비단 한 자락 감고 대구 어디로 떠나고
계단 위로 붉은 깃발 물결쳐 가던 계절과
탕탕한 빗물 쏟아져 들던
기막힌 밤이 있었어

아직도 홍이 애비
푸른 숫돌에 가위를 가는 아침이
부서지고 닳은 계단 아래 거기
쿨렁거리며
엎혀 있지

2

그 오동나무

- 인동 댁

곁에 그냥 서 있어 주었지요
절반의 무게로 잡아당기면서
목숨이 다 빠져나가는 소리들
오래 오래 듣고 있었습니다
몸체가 비어 가는 소리 마주보면서
더 이상 푸른 즙이 스미지 않는
느리고 오랜 썰물
그 결별의 시간은 길었지만
손마디 꺾어 꼼지락거리며
쓸쓸해 하진 않았습니다
가끔씩은 잠 들지 못하는 늙은 갈매기들
거기까지 올라와 주곤 하였지요
한 때는 가볍고 향기로운 몸 풀어 내어
찰랑찰랑한 사랑을 가두는
문짝 하나로 서기 위해
그 오랜 직립의 밤을 견디고 견뎌 왔습니다
보랏빛 등롱 꼭지들
조용히 내려놓으며
비척비척 걸어나가 돌아오지 않는

무거운 침묵
저 질기디 질긴 절반의 해체를
흔들리는 거수경례로 장송하고 있습니다

근골격계

고샅에 비낀 햇살 뒤적이며 깨끗한
아이 똥 주우러 다니셨다 할머니
무너진 쇠골 늑골 일으켜 세우기 위해
참숯 태워 구운 조약으로
장골이의 길 이어주셨다
농사도 산업이었던 시절
아버지의 참한 모종이었던 때 나는
그런 일들을 보았다

근골격계3) 산재인정
철근공장 일용직 노동자들
골병을 다스리는 정형외과에서
더 깊이 파열된 근육 그 뚝심의 중심을
엑스레이로 복사해 내고 철심을 꽂고
장골이들의 무너진 꿈을 복원하는 일들에
나랏돈을 보텐단다
사람이 산업인 시절
품안에 모종 한 접시 키우는 오늘
이런 일들을 다시 본다

---

3) 근골격계 ; 속칭 '골병'

고양이 - 자살 사이트

마구잡이로 도로를 건너는
너희들의 횡사에 동의하지 않겠다
획획 몸 던짐이
캄캄한 목책을 걷어내는 연습이었다면
아니다아니다
살다보면 한 번은
몸 내 놓아야할 때가 있으리니
꼭 한 번은 오지게 맞서다 부서져야할 때도
기어이 오리니
안된다안된다
여름 내내 푸른 장작을 패며 기다려야할
정결한 초례의 밤도 있으리니
함부로 몸 내둘리지 마라
그리 불이 일던 눈빛도
가슴속으로 쟁여 넣고
날 선 청동 작살도 풍찬노숙
그 먼 길 위에 얹어라
홑저고리 걸치고 넘어야 할
폭설의 깊은 밤도 있으리니

막막한 경계를 지우며
거친 순례의 길 나서야할 때도
기어이 오리니

혁이 삼촌

그의 가슴속에 자라는 종유석
저녁 미사처럼 고요하고 단단하다

어린 해병들 곤조가 부르며 병영으로 돌아가고 나면
까치놀 위로 긴 하모니카 소리를 얹어놓던
혁이 삼촌
후리막 장대 끝
별을 걸어두고 파도를 펴 말리던
마을 아이들과 늙은이들
일정한 간격으로 물가를 떠나고 매일 밤
불알을 깐 소 떼들
풍덩풍덩 건너는 차가운 바다
늘 그 만큼씩 부풀어 오르던 얕은 바다 위에서
한정치산의 굴레를 쓰고 잠들던
왼잽이 혁이 삼촌
지금도 세상을 버린 아버지들과
딸들이 휙휙 지나가 버리는 그의 축사畜舍 곁에서
촘촘히 다가왔다가 거센 떨림으로 가버리는
한 시절을 바라본다

44

칙칙하게 기어오르던 그 가을은 짧았으나
비는 우산 속으로도 끊임없이 내리고
아직도 하모니카 소리
꼬옥 매달려 자라고 있는 가슴 속
견고한 종유석
그 아름다운 자폐를
바라보는 것이다 나는

나무 전봇대

며칠 전 붉은 조등弔燈을 붙들고 섰던
그 묵은 나무 전봇대가 끌려나간 날
낮달과 마을을 분할하던 놈이 가버린 날
그 높이로 눈이 쳤고
찐득찐득한 코올타르가 손 안에 고여 들었다

마을에 수동식 전화가 들고 전깃불이 번져
도대체 잠이 오질 않던 그 가을
장승처럼 놈은 거기 들어섰었다
팽팽히 끌려가면서 끌어당기면서
어귀에 들어선 놈은 일생 동안
펄럭이는 선거벽보와 영화 포스터
붉은 스탬프 수배전단을 붙들고 섰었다

우편국장님은 해마다 코올타르를 먹었나 보다
일생 관절을 꺾지 않은
저 당당한 나무 전봇대
내 먼 길 돌아나온 그 아침
예비군훈련 통지를 붙들고 선 그 전봇대에는

따숩고 깊은 눈이 있었는지 모른다
놈은 떠나고 바람이 차다
코올타르 찐득한 낮달에 철사줄 둘러
조등 하나
내다 걸고 싶다

은하수 민박집

푸른 별들을 재워 보내는
은하수 민박집
낡고 좁은 마루를 지나면
지친 별들
등을 말리는 보일러실이 있고
호마이카 상이 기대고 선
시멘트 벽 타고 내려가면
알록달록한 땅별들 등짐 내리고
땅끝수퍼 앞에서 술 마시고 올라와
찌륵찌륵 전화하는
골방 거기 있지
보길도 청별항 먼 불빛들
물 위로 흘러오는
삼 만원 어치 넓고 푸른 잠을 주는 곳
새벽 임검 안 나오고
어이어이
첫 배도 잡아주는
은하수 민박집

럭키 놀이터

그들의 사소한 물음에 답합니다
햇살 묻은 손들마다
낡은 내 몸을 걸어줍니다
그 곳에 들기 위해서 입니다
관절 꺾어 무릎을 내리면
그들의 언론에 닿습니다
그들의 언어는 반짝거리며 시끄럽게 굴러가지만
거침없이 바르고 바릅니다
그들의 영토는 정돈되어 있지 않지만
깨끗하고 폭신폭신합니다
어둡기 전 술래잡기
그들의 복무는 신중하고 성실합니다
별로 가릴 것 없는 정방형 모래밭
모두는 낮은 낮달 뒤에 철봉대 뒤에 숨고
삐직삐직 옆모습이 불거져 나와도
술래의 눈에는 잘 보이지 않습니다
그래도 완벽하게 숨은 것이 되고
그들의 추적은 재빠르고 신중합니다
찔린 아이들이 깨끗하게 승복할 줄 아는

그들의 격식은 엄격하고
그들의 법 논리는 단순하고 시원합니다
아무도 물어오지 않는 사소한 물음에 답합니다
띠장미 향 소복한
그곳에 들기 위함 입니다

길

-거북

밤 새 우리 초롱이 달여주는
산소 물방울이 끓었다
결국 놈은 물에 들지 않고 죽었다
뒤집힌 아내가 들려나간
유리 그릇 속 마른 돌 꼭지에
자기를 결박하고는
그렇게 며칠
숨을
줄여 나간 것이다

할아버지의 우물

아무도 와 닿지 않는 물바닥
물 높이를 맞추는
너의 절제를 본다
늘 그만큼만 쓰고
남은 것들을 고요히
평평하게 개고 접어서 제자리에 얹어놓는
창주리 저녁을 본다
할아버지의 우물을 상속한
외삼촌은 목사가 되어
세상에 젖을 물리는 우물로 깊어져
골짝으로 돌아오질 못하고
푸른 대잎을 건지며 우물을 지키던 대밭골 영감도
한 모금 저녁물을 마시고 가신 오늘
청개구리 한 마리
끌어당긴 하늘 속으로 뛰어든다
둥글게 찌그러지는
할아버지의 우물

유성 일박 1

새들 다 돌아간 눈 덮인 들녘으로
뽕작뽕작 노래 부르며 올라와
온정溫井에 발 담그고 호남선
논산훈련소 28연대 이야기한다
밤 새 눈은 치고
이 방 저 방
이 신 저 신 끌고 다시며 화투를 치거나
술을 마신다
시절이 술을 마셨던 때가 있긴 있었지
윤리주임과 체육선생이 에레무지 예비총열에 대해
방위병과 현역에 대해 열 올리며
밤 새 철조망을 펴고 감다가 쓰러진
낡은 방에 누가
눈을 헤치며
새벽 불 지피고 있다
따스한 마음들이 쿠르릉 쿠르릉
낡은 배관을 타고
옆구리에 흘러드는
유성 일박

유성 일박 2

갑천 건너 들잠 자러 든다
대덕 들판 저리 넓고 인물 좋아라
느린 말씨따라 온천장에 불이 들고 우리는
목간 하고 밤 새워 술을 마시거나
신중하게 화투를 친다
건너편 대덕연구단지
조용한 저들의 나라
나사와 반도체는 밤 새 살아있다
울타리 불들이 흰쥐들과
핀셑과 편광을 지키고 있는 동안
한 시대를 미분하여 들며
힘과 빛을 발라내는 동안
한밭단란주점은 분답다
교장선생님은 노사연의 만남을 두 번째 부르시고
친목회 총무는 빈 병을 세 번째 세는
충만한 밤이
가만히
흔들리며 가고 있다

굴림에 대하여

강둑에 몸 굴려 내리던 일곱 살
그 여름의 오후
흰 달은 자꾸 찌그러졌지요
탈랑탈랑 굴렁쇠를 굴리거나
샛가랭이 자전거로 세상의 변두리
둥글게 일으켜 세우며 다녔지요
모나지 않는 인간되려고
연필 굴리며 따라다닌 학교는
참 굴릴 것이 많았지요
둥근 원 안은 넉넉하고 아늑하여
참 안전하다는 것 알았지요
좌우로 마구 나를 굴린 연병장
흙 땀 흘러 내리던 그 위로
그들이 그리 강요하던 조국은 보이질 않았지요
아버지 평생 연모를 들고 굴리고 오신
톱니의 길 그 뒤에서 나는
돼지 안뼝 젓가락으로 굴리며 소주를 마시거나
벌건 눈 잔머리 굴리며
시를 쓰지요

책임

청송 가는 굽이길
후줄근한 플랜카드 한 장 붙들고 서 있다 늙은 버드나무

몰래묘쓰신분자진신고요망
일체책음못지안음산주올림

잡목림 속 볼록한 새 무덤 하나
떼를 입지 못한 등 마르고 있을까
누가 거기 맑은 바람 속
어둠 헤쳐 몰래 하관하고 내뺐을까
뻐덩뻐덩한 두 손
가슴에 꺾어 모으고
이승의 책임 다 품에 안겨 눕혀놓고 가버렸을까

희뿌윰한 는개 속 나근거리는 수배목록을 쥐고
그 젖은 광목 조각도
비루한 버드나무도
혐의의 눈길 툭툭 던지며 서 있다

구룡포

가벼웠다
잘 마른 대빗자루 한 줌으로 묶인
대밭골 영감
확 번진 참죽 비탈로 내려서는 아침
뿌우연 해미
골짝까지 올라와
산국 덤불 적시고 있다
푸른 빗금으로 바뀌던 대숲 바람
할배 타고 가실 참죽 뗏목 흔들고 있다

대꽃 피었다 보러 오라시던 할아버지
당신의 몸
대 속처럼 다 비우고
내 죽어 한 축 죽순으로 일어서겠다시던
구룡포
푸른 통신

읍사무소 뒤 당산목 잔가지 흔들어
댓병 소주 한 고뿌

슬쩍 내미는 아침
대 찌는 소리
찌억찌억
빈 수수밭에 고여든다

미이라

- 파평 윤씨

436년 동안 그녀는 아이에게
습기를 주고 있었구나
육신은 딱딱하게 마르고 굳어가도
태아에게 따스한 양수를 퍼 올려주며 그렇게
햇살 속 출산 기다리고 있었구나
하얀 세마포 자락 위
아이 울음을 싸서 매며 떠났던
바람 속의 길
몸 속에서 일어나던
아스라한 기억들과
막막한 이륙
목숨처럼 여며 쥔 광목 끈은 떨어지고
펄럭이며 날아가 버리고
어머니어머니

피 젖은 하초에 피어오른 흰 달
두 번의 죽음 믿기지 않아
눈 뜨고 있었구나
무덤 속에 떠오르던 그 별밭 뒤 고샅길

뒤뚱뒤뚱 걷고 있었구나
저만치 문중 산에 불던
그 날 윤시월 높은 바람 아래로
걸어오고 있었구나

3

안개 사우나

비틀린 골반 속으로
편집된 안개를 집어넣는다
해체된 엉치뼈 제자리로 돌아오기 시작하고
부실한 지느러미가 일어서며
기울어진 유리벽이 따라 선다
스물이었던가 새벽 강
완강하게 기어오르던 안개 더미
그 막막한 알갱이들을 은화처럼
태반에 퍼 담은 적 있었다
그 뿌우연 입자들
욕망의 벌레들로 부화되기도 하고
식물성으로 되살아나
단단한 척추
숲의 뼈를 이루기도 했다
마을로 가는 강 안에는 자주 안개가
행렬로 밀려오고 밀려갔다
내 몸으로 오던 안개
비바람에 기울기도 하면서
그래도 그 자리 숲정이 이루어 왔으나

이제 숲의 부속들은 낡았고
풀씨는 줄고 줄어
삐딱한 숲의 등뼈로는
계절의 검속을 견디지 못하고 있다

빵집 계단 아래
안개 사우나가 있다

대나무 밥

뭉텅뭉텅 속을 긁어내 버린
북평 삼화마을
저 불임의 여자들 밥을 한다

산 뒤의 산
산 안의 산

무릉반석 아래 버섯 밥집에서
푸른 장작을 패 익힌 밥 먹는다
한 통 착한 대나무 밥

빈 산을 때리는 바람
퉁퉁
폐기된 여인들의 허리에서 자꾸
소리가 난다

우두牛痘

1.
왼쪽 어깨 죽지의 우두자국을 묻는
딸아이에게 답하지 못했다
온 마을에 돌림이 뻗쳐도
얼굴 패이지 않고 살아남은 증표라고
병균을 몸 속에서 발효시켜 같이
흔적 남기고 사는 것이라고
사는 게 다 그런 거라고
해토머리 비탈진 길
허청허청 쥔 붙인 씀바귀 같은
일가들의 삶이 다 그런 것이라고
끝내 말하지 못했다

2.
어머니 몸 속에도 오래 박힌
우두 자국들 있다
눈 오는 날
당신 곁에 가 앉으면
긴 구렁 헤쳐나오는

깨진 플룻 소리가 난다
길고 짧은 고름으로 채워진 흔적들 위로
부서져 내린 쇠골 아래로 흐르는
아득한 겨울 강
엑스레이로 복사되지 않는
그 골절과 피 얼룩들 선명하다

어머니의 서랍
약첩같이 접은 닥종이 속에는 아직도
물봉숭아 까아만 씨앗들과
눈 먼 참알락 팔랑나비 알
소복히 박혀 있다

저 산

-野仙 박정희 화백

그녀가 쥐어다
청묵靑墨으로 일으켜 세워놓는 산
간혹 있다
잠시 올려놓았다가 내려놓는
저 산
바람이 먼저 비우는 빈 집들
저 푸른 응고를 믿지 말라 한다
얕은 한 생生을 치고 들어 불꽃으로 자라던
그 무서운 욕망들 내려놓는 그녀는
더 차가워지려고 굵은 광목에 얼음칠을 한다
범람하는 세상의 저 산들
그 등성이 아래는
기별없이 떠나온 것들이
산그늘 속에서 마르고
간신히 가동되는 생애들이 지치고 지쳐
다시 길 떠나는 것임을
저 산

믿지 말라 한다 저 산

낮달을 바꿔 걸 줄 아는
저 푸른 중독을
믿지 말라 한다

부엉이

놈은 자주 당집 근처에 있다
무거운 그늘 뒤집어쓰고
그저 사소하고 지루한 시간을 기다리고 있는 것이다
제사가 들지 않은 달
사촌들이 조합에 불려갔다 온 날도
완강한 침묵
그 모서리들이 무너지지 않도록
둥글둥글 소리를 뭉쳐 얹어놓는 것이다
세상의 끄트머리들이 다 쓸쓸하나
그 소리들 끌어모아
세상 밖으로 소리를 툭툭 던지고 있는 것이다
초본처럼 서러워지는 저녁
오래토록 어둔 숲정이
참참 내려보는 것이다

시인

- K형에게

가지산 토방
불을 지피는 저녁은
거기까지 그리운 바다가 올라와 주나요
어머니 장작불에 대를 구워내며
다시 푸른 소리
가슴 속 울컥울컥 쏟아지라고
대피리를 다루시는 어머니
그 눈물 속으로
물가 해국 덤불 흔들리는 바닷길 보이나요
장작불 사그라들고
사람들의 마을로 돌아갈 수 있는 시간들 차오르면
칡꽃 뻥뻥 둘러 내려가던 길
그 길로 내려오세요

폭풍 속 지친 거래와
아득한 질주는 끝났어요
혹독한 분할과
그 가파른 경계로 힘들었던 길은 저물고 저물어
이 도시의 위대한 소유들과

범람하는 숲들에는 저리 눈이 치고 있어요
차가운 빛살 번지는 여기 낮은 물가로
만파식적萬波息笛 한 자루 불거지게 차고 내려와
형 다시 돌아와 소리해야지요
천년동백 한 곡조 풀어놓아야지요
풀어놓아야지요 형

운곡 산방 雲谷山房

낮은 겨울이 머물러 있었네
삼백년 은행나무가 끓여주는
작설 한 잔 맑게 흘러오고
개똥지바귀를 쫓는
청설모 눈빛 굴러가는 모롱지
마른 고추대 대궁이 끝으로
노을 걸려드네
산 자락 운곡서원雲谷書院
한 줌 곡기를 끓이는 연기
뭉텅뭉텅 피어오르는
저 붉은 산모롱이 돌아
너에게 돌아가고 싶네
함부로 함부로 내돌린
불빛 혹은 초상肖像
그 물비늘 기름때
늦게 떠나는 이파리 뒤에 붙여
날려 보내고 싶네
이 붉고 따스한 제사에
납작히 엎드리고 싶네

견고한 기다림과 따스함 묻어나는 채마밭에
깊이깊이
매몰되고 싶네

타래실 1

홑청을 다 시친 그 밤
할머니는 어린 며느리를
당신의 실패에 칭칭 감기 시작했다
집요하고 촘촘하게   건너편
내 어머니의 한 생애를 차압해 들었다
타래실을 풀어 드리면서 어머니의
가슴 속 감나무와 살색 감꽃들
창포가 녹빛으로 번지던 둠벙과
옥색 저고리
깨금발로 건너온 친정 마당 구석
푸르게 타오르던 혼불까지
하얀 실을 타고 할머니께 다 흘러들어
지워지고
그 밤 어머니는 철저히 투항하고 있었다

길고 긴 동짓달 밤이었다.

박이한

너를 학교 울 밖으로 후쳐내던 날
누우런 흙 비가 내리고
결재판 위로 목련이 또 졌다
휘발해 버릴 것 같은 아침이 빠르게 감기면서
불안하게 흔들렸고
비를 피해 창가에서 나는
지난 겨울의 보푸라기들을 뜯어내기도 하고
언덕 아래 포구를 내려다보며
녹두알 섞인 늦은 밥을 먹었다

네 어머니의 수족을 꼿꼿이 받쳐주기 위해
이승의 언어와 생각이 되어주기 위해
두호동 움집으로 돌아가는 너에게 동의하면서
언덕까지 뻗쳐오는
막막한 바다 안개 속으로 걸어든다

덜컥거리며 달려오는 운명 같은 것이 있다면
이마로 짓찧고 싶은 포구에서
형광 빛 날개 가진 천사들이

막 배로 들어올 것 같은 선착장에서
개찰되지 않는 너의 꿈
갈탄 타는 연기로 흩어져 내려앉는 너의 별
그 긁힌 자국 아래
내 낡은 부레 슬쩍 올려놓는다

자꾸 뿔테안경 치고드는 소주병
흐르지 않는 저녁 바다.

측량

아이들과 아내는 두려움이다
어느 날 내 옆구리를 툭툭 건드려 보다가
무쇠 추를 드리우고 측량을 한다
가을이 깊이 들어 저무는
갈빛의 가장자리
내 모양 없는 경제를
직선으로 구획하려 드는 그들은 무섭다

스무 살 적 나도 한 여자의 영혼을 비집고
측량을 한 적이 있다
고운 꿈이 묻힌 가슴을 분할하고
작은 청색 모눈종이 위에
적절히 부푼 빵과 향료를 위한
포크와 숟가락을 얹었었다
그녀의 삼림은 무너지지 않았고 견고했다
오십 바라보며 이제 알겠다
삶이란 평생 남의 밭둑에 뽈대 꽂고
측량하고 넘보는 것임을

싹이 돋지 않는 내 채마밭
서리 뿌얀 땅을 그들은 점유하려는 것이다
그들의 공격은 집요하여 두렵다
요만큼의 나의 채전과
욕망의 벌레들 알을 스는
가끔은 아름다운 종양도 부풀어오르는
깊이 가려진 영토를
무단으로 분양하려는 저들은
무서움이다

망종芒種

윤 사월 달 붉다
환호해맞이공원 강철 바람개비 동산
밤꽃 향에는 늘 정액 냄새가 났다
청어 떼 돌아들던 물 골에는 차가운 그늘
흙 냄새는 다 지워지고
낡은 목선을 밀며 내려가던 빈 바다
껍질만 돌아오고
축항 끝머리 흔들리는 바지랑대 끝
삼십 촉 알전구
바다에 꼭 붙어있다
어깨 엮어 잠든 목선들
설머리 사람들 그 곁에는
바다마을금고가 있고
짭쪼롬히 졸아든 어깨들이 담보로 잡힌
우리들 빚
습자지 위 쿡쿡 질린 목도장 위에서
차곡차곡 잠들어 있다

찔레꽃

- 눌태 이모

부은 손으로 열었던 쪽문 밖
지워버린 꼭지들 질기게도 기어올라 핀
하얀 찔레꽃

조선간장 한 종지
한 줌 싸래기 죽
한 공기 곡기를 타고
되살아나던 하초
튼실한 자궁 안 다시 곰실곰실
기어드는 달거리

초저녁 별 밭 끝에서부터
사태지던 떼찔레
찔레꽃
하얀

서울 서울

- 수학여행

서울 간다고 잠 설친 아이들
흙 묻은 꽁지를 끌어들이고
차창에 이마 댑니다
저들 쥐고 온 들꽃 세상 자꾸자꾸 구겨 넣으며
알 불알이 졸아드는지 서랍처럼
가지런하고 조용합니다

봄빛 팽팽하게 부풀어 오르는 서울은
속에서 부터 뜨거웠습니다
셀로판지와 은박지의 세상

어떤 아이들은 서울을 서울에 도로 얹어놓고 오거나
어떤 아이들은 서울을 조금 더 퍼 담아 오고
어떤 아이들은 서울을 씻어내며 내려왔습니다 나도
침 발라 서울 돈 세주며 힘겹게 매달려 있는
산업은행 종영 형에게 전화 한 통 넣고
내려오고 맙니다

감기

사변 후 그 때도 그랬다 일월동 집
두통과 땀에 절어 쳐진 나를 어머니는
젖 독 번진 당신의 품에 늘어 말렸다
어머니의 가슴에는
품어져 나올 대로 나온 습기로
뿌우옇게 흐려지던 창(窓) 하나 걸려 있었다

야야쿨렁거리지말고건너오너라

아침 댓바람에 전화 넣으셨다 어머니
모과 썰고 배 삐져 넣고 끓인 조약 있으니
오라 신다 어머니
물러빠진 나를 또 늘어 말리려나 보다
낡고 바람 숭숭 드는 당신의 창 안에
잠시라도 펴 말리고 싶으신 게다
남은 기운 다 주실 요량이다
그러실 모양이다 어머니

빈 집

붉은 개미가 뚫고 가는 나무기둥
티눈처럼 박혀 있는 몇 개의 강철못
그들 거기 걸었던 자잘한 소유들
여기 저기 흩어져 녹슬고 있다
쓰다버린 하늘이 감나무에 걸려있고 아직
닳은 이웃들이 앓고 있는 곳
독새 풀 속 청국 밀 한 포기
먼 데 보며 몸 흔드는 곳
빈 집

비학산 돌아 나온 바람 들려주네
거북 알 같은 사람들
잠시 깃들었던 흙더미였다고
줄줄이 걸쳤던 그들의 영혼이 살짝 머물렀던
마른 껍질이었다고
살그머니 벗어놓고 빠져나온
소매 낡은 적삼 같은 것이었다고

그 바람 다시 말하네

저기 가을산 휘적이는 사람들 좀 보라고
문중산 자락 볼록한 빈 집에 낫을 대는
저 껍질 같은 사람들 좀 보라고
그들 끝내 올라와 누울
빈 집 곁 흔들리는
억새 손들 좀 보라고.

당랑 螳螂

1.
몸피의 색깔을 채우는 시간입니다
배식 대열로 서서 숟가락을 휘거나
찌꺼기를 남기지 말아야 합니다
부러진 더듬이를 더 이상 생각지 말고
다시 숲으로 돌아갈 길 생각하며
잠들어야 합니다
광장의 호각 소리
가을을 깊숙히 불러들이고 있었다

2.
당랑
가을을 깊이 건너는 숫 당랑
회색의 숲
차가운 지하도 통풍구로 끝없이
살아있음의 신호 날려보내나
앞발 들어 수레를 막던 당당함이
아직은 남아 있나

끝끝내 하나 남은 전사의 공격성 마져
다 보내버리고
아내와 새끼들의 영양을 위해 그들에게
머리부터 뜯기며 죽어 가는
사마귀
우리 시대의 당랑이여
숫 사마귀여.

루어 낚시

납작 못 둑에 엎드려 있었다
부레옥잠 번진 화봉 저수지
뭉텅뭉텅 안개가 올라오고
물에 빠진 오리 떼가 끌어당긴 하늘이
낮게 내려와 있었다
물땡땡이 곁으로 흘러가던
아버지의 목각오리
배시시 웃으며 번져가던
페인트 날개 페인트 눈깔
중심이 무너지며
자지를 들고 뛰어나오던 청둥오리들
안개를 뚫고 날던
자욱한 산탄散彈의 시간은 짧았다
몇 몇은 주저앉고
편대가 무너진 이륙은 길었다

다시는 오리가 날아오지 않는 긴 방죽 길
아버지를 따라 서성거렸다
사십 년

오늘 무장무장 피어오르는 안개 속으로
말랑말랑한 루어낚시를 흐린 물 속으로 던져 넣으며
아버지의 거짓말에 줄 이어 던져 넣으며
페인트 비늘 페인트 부레 던져 넣으며
원고료 입금될 계좌번호를 쓴다
눈부신 거짓말의 계절이다

정금正金같이 빛나는

저무는 겨울 들판의 한 저녁을 바라보다가 어머니
아랫도리를 다 보여준 세상 한 쪽을 가려주며
돌아오는 그들 보았습니다
말벌처럼 날아가 버렸던 사내들
그 회수 당한 꿈의 껍질들에 피가 돌고
결박당했던 등뼈와 뿔에 온기가 되살아나
차가운 대지를 베어내며 돌아오고 있었습니다

드리워지는 그늘을 들추고
푸른 수액을 수혈하던 사내들
한 때 불을 담았던 동공과
눈물에 부식되지 않는 단단한 가슴들이
휘고 웅크린 세상 툭툭 차며
사슬을 풀고 부은 발목뼈 다시 세워
다가오고 있었습니다

구겨진 셀로판지가 펄렁거리던
저 붉은 행려行旅에서 돌아와
견고한 추錐를 세상 중심으로 드리우는 그들

미명의 땅에 꼿꼿이 앉아
명주실 한 타래 짱짱히 감아 가는
이 땅 고운 여자들 곁으로
끝끝내 돌아와
산란의 아침 마련해 가는 사내들
정금正金같이 빛나는 그들 보았습니다 어머니.

주점 홍등紅燈

뒤란에는 이월의 바다와
매립된 꿈을 깊이 파는 새들 있지
무리 지어 날개를 말리거나
날아가지 못하는 것들 모여들어
한 장 한 장 깃털을 붙이고 있는
소주와 노래 창고
홍등紅燈

그 좁은 지붕 아래
호마이카 테이블과 종이 눈썹들이
불빛에 팔랑거리는 유리상자
어둠 짙어질수록 자꾸
처마를 낮추고 단추를 푸는 곳
오지랖에 쏟아져 드는
찌그러진 비늘들 발자국들

새벽이 오기까지
잠들지 못하는 이월의 바다
갓 꺼낸 한 자락 물결을 주지

종이 눈썹 젖지 않도록
어둠 툴툴 털어 깃털 하나 얹어주지

홍등紅燈

1. 가중나무가 있는 풍경

황석영 선생의 소설 중에 '몰개월'이라는 작품이 있다. 내 고향은
바로 그 아래 동네로 어릴 적 행정구역으로는 경상북도 영일군 동해
면 일월동이다. 거기는 영일만 모랫벌이 끝없이 펼쳐져 있고 붉디
붉은 해당화가 지천으로 피어나는 바닷가 마을이다. 나의 고향집은
마을 중앙에 가중나무 고목이 붙들고 서있는 도단지붕 집이었다. 지
금은 구포 가도 확장으로 넓은 마당의 절반이 도로에 편입되었고 새
주인이 건강탕 집으로 바꾸어 옛 정취는 찾아볼 길이 없어져 버렸다.
구석진 내 공부방 자리에는 허드렛물이 고였다 빠져나가는 싱크대가
놓였고 백중날이면 어김없이 똥개들이 매달려 횡사를 당하던 마당

구석의 가중나무는 흔적도 없이 베어져 버렸다. 가끔 고향집 앞을 지날 때마다 아쉬움에 얼굴을 돌리지만 나의 뇌리 깊은 곳에서 들려오는 소리를 나는 듣곤 한다. 무섭게 나무 전봇대를 흔들고 도단지붕과 울타리를 뒤흔들며 가중나무 가지 끝에 불던 바람 소리를.

사진은 내가 열세 살 때 옛집 아래 채 마루에서 여동생들과 동네 꼬마들과 찍은 사진이다. 좌측의 큰 여동생은 지금 개신교 목회자 사모가 되었고, 맨 우측의 막내는 조그만 건강식품 가게를 운영하고 있다. 나의 어린 시절은 내 시에도 자주 나오는 엄격한 아버지의 가정교육(아버지는 개신교의 장로로 철저한 신앙교육을 시키셨다)으로 기가 약했고 마을의 형들이나 또래보다는 한 두 해 어린 동생들과 놀기를 좋아했던 기억이 남아 있다.

고향 마을 얘기를 좀 더 해야겠다. 내 고향 마을은 신작로를 중심으로 우측에는 제법 높은 언덕이 펼쳐져 있는데 거기는 시인 이육사와 관련된 이야기가 전해오고 있는 곳이다. 일제 말 민족시인 이육사가 포항의 애국 청년들과의 비밀접선을 위해 영일만이 내려다보이는 포도밭 청포도 넝쿨 아래로 잠입해 들어왔다. (당시는 동양 최대의 삼륜 포도원이 있었음) 거기는 이육사 시인이 푸른 영일만의 돛단배를 바라보며 독립을 염원하는 '청포도'라는 시를 지었다는 언덕(지금은 해병 제1사단과 비행장이 있음)이 있다. 또 한쪽은 모래 언덕 아래, 키를 넘는 방풍 해송 숲이 줄지어 서 있으며 그 너머로 푸른 물결이 끝없이 밀려오는 바다가 누워 있는 곳이다. 마을 이름은 일월동(日月洞)인데 그것은 삼국유사의 '연오랑과 세오녀 설화' 발원지인 일월지(日月池)가 마을 가까이 있는 것에서부터 유래된 듯하다. (지금은 군부대 안에 위치 함) 우리 마을은 이렇게 유서 깊은 설화의 고장임에도 불구하고 그 이름에 걸맞지 않게 인근에서는 '곪배이'라고 불리웠다. 그 뜻은 배고는 사람들이 많다는 데서 유래된 듯 하다. 그랬다, 어릴 적 기억으로는 밥 못 먹는 이웃들이 많았다. 우리 마을은 집집마다 빈궁한 살림들로 근처에서는 소문난 빈촌이었다. 우리 집에서 몇 집 건너면 이북에서 동란 때 내려온 김씨네 집이 있었다. 그 집 아버님은 사각형으로 제작된 상자 수경이나, 길고 튼실한 갈고리로 어링불에서 조개를 잘 잡으셨다. 그 분은 바로 1992년 매일신문 신춘문예에 시가 당선되어 시인의 길로 들어선 김왕노 시인의 아버님이었다. 그 가난하고 궁벽한 조그만 마을에서 시인이 둘이나 나오게 된 것은 그 어려운 시대를 살아온 우리의 가슴에 지울 수 없는 어떤 서러움, 어떤 한(恨) 같은 것이 아픈 무늬로 깊이 박혀있었기 때문은 아닐까 하는 생각이 든다. 그는 바로 이웃집 한 해 아래 후배였지만 참 친한 친구였다. '왕노야 왕노야 바다 가자' '만수야 만수야 병 두껑 주우러 가자' 아직도 40년 전 그 소리 귓속에 푸르게 살아있다.

그리고 우리 동네 가장자리에 '유상'이라 불리던 중국사람이 정신이 온전치 못한 여자와 살고 있었다. 그 집 어둡고 축 처진 추녀를 나는 잊지 못하고 있다. 낮에도 늘 짙은 어둠이 깔려있고 그 속에는 그의 미친 아내가 퀭한 눈빛으로 웅크리고 있어 어린 우리에게는 늘 두려움과 호기심의 집이었다. 비 내리는 날이면 가끔 유상이 아내를 때리는 소리와 무슨 짐승의 소리 같은 여인의 울음소리가 들리곤 했는데, 묘한 그 소리는 아직도 이명(耳鳴)처럼 귓속에 살아있다. 우리 동네는 군 부대 바로 아래 있어서 군인 가족들이 많이 살았다. 그래서 바다로 통하는 길에는 군인들의 행군 행렬이 자주 이어지곤 했다. 해병대 아저씨들이 고무 보트를 이고 행진하다 던져주던 건빵과 별사탕은 가난한 마을의 아이들에게는 좋은 먹을거리였다. 그들이 부르던 욕이 섞인 군가들(곤조가)과 수륙 양용차 캐터필러 그 굉음이 아직도 귀에 쟁쟁하다. 때로는 미 해병들이 씨레이션 깡통, 껌, 초콜릿, 담배 같은 것을 펑펑 던져주곤 했는데, 그 특유의 향과 맛을 지금도 잊지 못하고 있다. 나는 이런 것들을 나의 장시 <송정리의 봄>

에서 이미 자세히 쓴 적이 있다. 가끔씩 술 취한 군인들이 설치던 골목들, 내려앉던 낡은 슬레이트 지붕, 양철지붕 아래 퀭한 눈으로 곯고 잠드는 가난한 사람들, 아카시아나무, 조선 버드나무가 우거진 모래 땅, 별로 먹고 살 만한 땅마저 그리 많지 않던 고향 마을의 그런 모습들은 아픈 기억 속에 엎드려 남아있다. 축축이 돌림이 뻗쳐 죽어나가던 어린 시절 동무들의 모습을 나는 오랫동안 잊지 못할 것이다. 그래도 봄이면 누이들의 머리카락을 사러오던 대구 반월당 아저씨의 가죽 가방과 인삼장수 할머니의 보통이는 어김없이 와 닿았다. 하얗게 소독약을 뿌리며 골목을 빠져나가던 소독차, 그 아리한 모습들이 아직도 내 눈 속에는 철마다 다가왔다가 멀어지곤 하는 아픈 풍경들로 남아있다. 늦봄부터 어렁불에서 고기를 끌어올리는 후리가 정겨웠던 고향 마을은 나의 세 번째 시집 제목처럼 오래 휘어진 기억 속에 생생하게 살아있는 곳이다.

나에게는 초등학교 적 잊지 못할 두 분의 선생님이 있다. 한 분은 오래 전 교직을 떠나신 하종덕 선생님이고, 한 분은 얼마 전 교장선생님을 지내시고 정년퇴임을 하신 오인학 선생님이다. 하종덕 선생님은 촌놈인 나에게 먼 데를 바라볼 수 있는 고개를 들게 해 주셨고, 당시 소년동아일보에 동화를 발표하시곤 하셨던 6학년 때 담임 오인학 선생님은 내가 문학의 길로 들어설 수 있도록 길을 틔워주신 분이다. 당시 나는 선생님의 지도로 포항의 손춘익, 박이득 선생님 등이 주관하던 흐름회 백일장에서 입선 혹은 가작으로 입상한 적이 있었다. 장원도 아닌 보잘것없는 입상, 그것은 나의 부모님들에게 내게 상당한 문재(文才)가 있는 아이라는 오해(?)를 불러일으키게 한 계기가 되기도 했다. 어쨌든 그 후 나는 꿈을 이루기 위해 애썼고 지금요만큼의 내 문학의 길을 걷고 있다. 이렇듯 지금 내가 하고 싶은 일들을 챙겨갈 수 있는 길로 인도해 주신 두 분 은사님을 평생 잊지 못할 것이다.

2. 아름다운 순간들

내 생의 두 번째 기억하고 싶은 사진은 나의 단짝 친구 이상언 군
과 1972년 3월 3일 포항고등학교 2학년 새 봄에 찍은 것이다.

나의 고등학교 시절 단짝 친구는 심성이 착하고 얼굴이 새카만 아
이 이상언이었다. 그 때 우리는 사람의 정이 무엇인지 느낄 정도로
깊은 우정을 나누었다. 서로 다른 곳으로 대학 진학을 하면서 헤어
진 이후 자주 만나진 못했지만 그 때의 정을 나는 오래 간직하고 있
다 . 얼마 전까지 수산물 유통업에 종사하며 가끔 연락이 닿았는데
근년에는 사정이 좀 어려워졌다는 소식만 풍문에 들어 안타까워할
뿐 만나지 못하고 있다. 당시 나는 포항에서 좀 떨어진 동해면에서

버스 통학을 하고 있었다. 아버지 몰래 운동을 한다고 몰래 몰래 도복을 가방에 숨겨 다녔고 쓸데없이 몸에서 안티푸라민 냄새를 풍기며 거들먹거리고 다녔던 시절들을 생각하며 지금도 가끔 웃곤 한다. 대신동 북부시장 맞은편 골목 안의 그의 집에서 나는 자주 공밥을 얻어먹곤 했다. 가방을 숨겨놓고 시내 중앙통이나 포구, 축항 등지를 싸돌아다니며 이상욱(현재 경북도청 해양수산과 공무원), 정효종(성원여객 근무) 등과 어울려 우정을 나누었다. 당시 인문계 고등학교였던 포항고등학교에는 지금도 대구에서 활동 중인 시인 손병현 선생님이 부임해 오셨다. 그때 선생님은 우리에게 국어를 가르치셨는데 별명이 '뿍디기'(머리 스타일은 헝클어진 올백이었고 가끔씩 지푸라기 같은 것이 붙어있는데서 유래)로 불리우며 학생들에게 대단한 인기가 있었다. 당시 문학의 길을 꿈 꿔오던 나에게 선생님은 젊은 시인의 모습을 유감없이 보여 주셨다. 이를테면 거의 매일 아침 선생님은 술이 덜 깬 상태이거나 아직 반 술이 된 모습으로 수업에 들어오셔서 자작시를 흑판에 쓰시고, 베끼게 하시고는 그 시에 대한 해설을 해 주시곤 하셨다. 대입을 바로 앞둔 상급반 교실에서의 이러한 시 강의에 대해 여러 얘기가 있었지만, 나는 남모르게 시인에 대한 환상을 가지게 되었고 그 길을 흠모하게 되었다. 교탁에서 세 번째 줄에 앉았던 나에게까지 술 냄새가 지독하였으니 선생님은 수업을 하시면서 술이 깨시고, 앉아있는 우리는 술에 취하는 굉장한 낭만이 있었던 시절이었다.

사실 그 후 내가 본격적으로 시 공부를 시작하면서도 나는 선생님을 찾지 못했다. 스승의 날이 되면 가끔 지역의 방송에 나가 잊지 못할 은사님으로 그 때 일들을 추억하기도 했지만, 내가 제대로 된 시를 쓸 수 있을 때까진 뵙지 않기로 굳게 마음 먹었기 때문이었다.

그러다 몇 해 전 세 번째 시집이 나왔을 때 대구에서 교육청 장학사로 계신 선생님께 책을 보내 드리고 문안을 여쭈었다. 그러나 학교 시절 내가 받았던 선생님에 대한 강렬한 인상은 끝내 말씀드리지 못했다. 아직도 내 작업이 시원치 않음을 알기에 더 갈고 닦은 훗날 선생님께 술 한 잔 올리면서 말씀드리기로 마음 먹고 있다. 내가 다닌 고등학교에는 당시 대구로 진학하지 않고 지역에서 공부하여 서울대학교에 입학한 수재들이 있었다. 배용재(변호사), 황기석(늘솔조경 대표) 같은 동기생들이 그들이다. 그들은 당시, 지금도 활발히 지역 문학 활동을 펴고 있는 연합 학생 문학 동아리인 '문영문학회'를 결성하여 문학에 대한 관심을 펴고 있었지만 나는 거기에 들지 못했다. 그 때는 문학도 성적이 좋은 수재들이나 하는 것이구나 싶었고 당시 그리 성적이 뛰어나지 못했던 나로서는 시인이 되는 것을 가슴 속의 꿈으로만 키워나가고 있었던 것이다. 지금은 포항문학의 한 식구로 활동하면서 저들은 가끔 재밌게 읽을 만한 수필을 쓰기도 하면서 저들의 전공한 일들을 챙겨하는 지역의 지식인으로 활동하고 있고, 나는 어릴 때부터 꿈이었던 교사의 길을 어설프게나마 22년간 걸어오면서 그런대로 시 쓰는 일에 게을리 하지 않고 있다.

3. 충견(忠犬), 그 아픔의 시간들

세 번째 사진은 육군 중위로 복무할 때 인천 송도 해안에서 찍은 것이다. 나는 어린 시절부터 장교가 되고 싶었다. 그래서 대학에서 ROTC 과정을 마치고 소위로 임관하여 장교로 군복무를 하게 되었다. 당시 내 또래의 고향 친구들은 고향이 해안지역인 관계로 거의 방위로 소집되어 군복무를 마쳤는데 나도 학군단을 신청하지 않았더라면 그리 되었을 것이다. 나의 군 생활은 우리 현대사의 참으로 불행했던 시기인 1979년부터 1981년까지 그 엄청난 역사의 소용돌이 속에서 이루어졌다. 1979년 대학 졸업과 함께 육군소위로 임관하여 광주 상무대에서 16주의 보병학교 훈련을 마치고 부천의 ××사단에 배치 받게 되었다. 나는 초임 소대장으로 어린 병사들과 참 재밌는 병영 생활을 했었다. 그 해 가을과 겨울은 인천의 송도에서 해안 경계 소대장으로 근무했는데, 박정희 대통령이 죽고 전두환이 12.12 사태로 정권을 장악하는 과정과 그 이후 비상계엄이라는 살벌한 시공

속에서 솔직히 나는 어떤 두려움 같은 걸 느끼며 근무했었다. 더러는 초 비상 상태로, 더러는 부대 이동과 미묘한 상황의 연속 속에서 1980년 봄 인하대학교에 계엄군으로 진주하기도 하였다. 그 이후 잠시 동안은 삼청교육대에 끌어넣을 무고한 시민들을 체포하는 일들을 시키는 대로 할 수밖에 없었던 충견(忠犬), 그 아픔의 시간들을 보냈다.

그런데 그런 분탕스런 시간들 속에서도 나는 몰래 몰래 시를 쓰고 있었다. 소대원들과 주변이 모르게 모 신문의 신춘문예에 응모할 작품을 준비하고 있었던 것이다. 시대의 아픔과 치솟는 분노를 남모르게 꾹꾹 누르며 서해 바다 지는 노을 속으로, 허망하고 쓸쓸한 마음을 툭툭 던져 넣고 있었던 것이다. 나는 동해안에서 줄곧 성장해 왔기 때문에, 조석 간만의 차가 심한 인천 앞 바다 갯벌로 밀려왔다 밀려가는 밀물 썰물을 보면서 참 많은 것을 느낄 수 있었다. 소대원들이 분초나 매복초에 나가 있는 동안 나는 소초의 소대장실에서 심야의 순찰을 준비하면서 시집들이나 비평서 같은 책들을 읽으며 시 공부를 계속해 나갔다.

그때의 내 습작 노트는 지금처럼 스프링이 달린 양면 노트였는데, 한 번은 그 습작 노트가 없어져서 야단이 난 적이 있었다. 그 당시 보안대에서 파견 나온 요원이 어지러운 시국 속에서 장교들의 동향을 눈여겨 살피고 다녔는데 우리 부대에도 한 녀석이 파견되어 들어온 적이 있었다. 그는(중사 계급장을 달았지만 사실은 육군 병장이었다고 함) 몰래 장교 숙소에 들러 얘기를 엿듣기도 하고 장교들의 메모 노트들을 몰래 들추기도 했는데, 그 때 그 녀석에게 우연히 나의 습작 노트가 걸려들게 되었던 것이다. 그 놈에게서 노트를 되찾는 일과, 체제에 삐딱하지 않은, 사상이 건전한 장교라는 나의 동향보고를 위해 이 지면에 적을 수 없는 무척 곤혹스러웠던 일들이 있었음을 밝힌다. 그렇듯 나의 군 생활은, 몸은 대한민국 육군 장교로,

계엄군 소대장으로, 소위 국난극복을 위해 꾸역꾸역 충성스런 모습
으로 복무했지만 내 내면의 갈등은 매우 심했던 때였던 것이다. 그
런 혼란과 아픔 속에서 나는 이 땅의 새날을 기다리며 습작을 계속
해왔는데 그 때의 솔직한 내 심정이 담긴 시 한 편을 덧붙인다.

5월

그 때 나도 인하대학교 정문 장갑차 꼭지에 있었습니다
국방부 엑스밴드로 가슴을 조아 붙여
국란극복 충정으로 적절히 데워져 있었지만
시계를 자주 보았고 무서웠습니다
육공 탄띠를 왼손으로 떠받친
그 무쇠의 시간들
헝겊으로 가슴 위의 이름도 혈액형도 그리운 남쪽도
다 가리워진 캄캄한 시간들이 있었습니다
아무 것도 분명히 보이는 게 없었고
다시 무서웠습니다
툭툭 갈라진 바퀴를 굴리며 순찰을 돌거나
곤봉 차고 대검 꽂고
어둠이 차 오르는 학익동 천사들의 성
그 골목을 헤집고 이불을 들춰
어린 학바리들을 잡아들인 짭새였습니다

그 충정의 시간들
틈틈이 시계를 보았고 끝내 무서웠습니다

그날 이후 오늘은 다시 오월입니다
유탄이 별을 향해 날아가던 그 아스팔트 위에는

다시 물대포를 맞는 사람들이 눕고
누군가 장갑차를 몰고 순찰을 돕니다
오늘 나는 나무 장갑차 위에서 다시 무섭습니다
공화국이 달아준 국난극복기장이 꽂혔던
그 흔적 위로
거대한 무서움이 옥죄어 오는 저녁입니다

4. 영원한 내 문학의 스승 - 손춘익 선생님

격랑 속 깊은 상처를 남기고 80년대는 삐직 삐직 열리고 있었다.
나는 부끄러운 국난극복기장(당시 계엄군에 참여했던 모든 군인들에
게 주어진 기장)이라는 것을 쥐고 전역하여 포항으로 내려왔다. 1981
년 9월 1일 미리 면접을 보아두고 채용이 결정되어 있던 대동고등학
교에 부임하며 교직의 길에 들어섰다. 그리고 본격적으로 문학판에
뛰어들게 된 포항문학과의 만남은, 아니 작가 손춘익 선생님과의 만
남은 그해 겨울의 일이었다.

당시 포항에는 수필가 한흑구 선생님이 동란을 피해 오셨다가 정
착하게 되었는데, 선생님을 중심으로 한 비로소 제대로 된 문학운동
이 시작되었다. 빈남수, 손춘익, 박이득, 신상율, 박무근 선생님 등이
한국문인협회 포항지부를 결성하였고 1981년에 포항문학 창간호를
발간하게 되었다. 이러한 포항의 문학을 초창기부터 주도적으로 끌
어오신 분이 바로 작가 손춘익 선생님이었다.

1981년 12월 말, 지금도 피데기, 무침회, 막걸리로 그 명성을 이어

가고 있는 남빈동 골목 안의 주점 <왕대포>에서 처음 선생을 만났다. 나는 그 첫 만남에서 선생님의 사람 대하는 태도가 얼마나 투박하고 무뚝뚝했는지 첫 대면에서부터 주눅이 들고 말았다. 항상 선생님의 말씀은 짧고 명료했으며 맺고 끊는 것이 확실하였다. 그 작은 눈빛에는 매서움이 가득했고, 사람을 제압하는 무서운 힘이 서려 있는 듯 했다. 그 후 20년 넘게 가까이에서 선생님을 모시면서 변함없는 선생님의 그 자신감 혹은 사람을 우선 제압하고 드는 맵찬 말씀, 그것은 선생님의 생래적인 성품이라는 것과 그것이 선생님의 따스한 애정의 표현임을 이후에야 비로소 알게 되었다. 선생님은 사리 판단이 빠르고 한 번 결정한 일은 끝까지 밀고 나가서 반드시 이루어내고 마는 강직하면서 곧은 성품을 가진 분이었다. 그 후 나는 선생님의 문하에서 선생의 그 문학적 기질과 정신을 본 받으려 애쓰며 선생님이 쓰러지시기 전까지 내 문학의 스승으로 모시고 따르게 되었다. 선생님은 당시 수 많은 동화집을 내시면서 우리 아동문학계의 중견 작가로 활동하셨는데 나중에 <머구리>라는 지역성이 강한 해양 소설을 발표하시면서 중·단편소설을 쓰기 시작하셨고, 그 후 선생님은 실천문학사 등에서 몇 권의 소설집을 발간하시기도 했다.

80년대 초 나는 지역에서 시 공부를 하던 한 두 해 선후배들인 김정구, 이상익, 이대환, 윤석홍, 정안면, 김진술, 송애경 같은 문우들과 함께 <역풍>, <일월>, <이웃과 시> 라는 시 동인을 결성하여 지역문학운동을 펼쳐나갔다. 한 달에 한 두 번씩 엔쏠리지를 만들어 시내 두꺼비 다방, 남화랑 등에서 시 낭송회를 열면서 우리의 시에 대한 열정을 불태웠다. 그 때 지금은 광양제철소로 일터를 옮기고 순천에서 짙은 민중적 서정시를 써오고 있는 정안면 시인과의 의기투합은 오래 잊지 못하고 있다. 그 시절 선생님은 늘 우리 뒤에서 우리를 지켜보셨고, 우리의 든든한 후견인이었고 엄격한 훈장이셨다.

손춘익 선생님과의 20년 연분을 어찌 짧은 지면에 다 채울 수 있으리요만 한 두 가지만 추억을 더듬어 보려 한다.

선생님의 말투는 항상 짧고 단호했다. "가자" "타라" "묵자" "했나" 같은, 솔직히 인정미 없고 건조하기 짝이 없는 말투였다. 어떤 사정으로 좀 일찍 조그만 차를 가지게 된 나는 선생님을 자주 모시고 다니게 되었는데 어떤 경우에도 "NO"는 있을 수 없었다. 1980년 중반 선생님은 영일만의 발산리 정치망에 대한 소설을 쓰고 있었는데, 새벽 5시에 소위 '아침 물 보러' 나가는 해안 마을의 어부들과 같이 앞 바다 정치망에 직접 나가 그물을 뒤집어 고기를 잡는 생생한 광경을 보기 위해 현장에 자주 가시고 싶어 하셨다. 그 일로 나는 적어도 일주일에 한 두 번은 선생님을 모시고 새벽 그 해안에 가 닿아야만 했다. 언제든 전화를 하셔서 "내일 새벽 4시에 차 대라"라는 명령을 하시고 전화를 끊으면 반드시 4시까지는 선생님의 대문 앞에 차를 대기시켜야만 했다. 그러기 위해서는 아침 출근 걱정 따위는 생각도 못했고 오직 선생님이 정한 시간에 늦지 않기 위해 날밤을 새운 적도 몇 차례나 있었다.

시내 동지교육재단에서 이십 여 년 동안 교직에 계시다가 학교를 사임하시고 창작에 전업 하시면서부터 선생님은 지역의 구석구석을 기행하시기를 좋아하셨다. 앞에 얹은 사진은 나의 친구 배용재 변호사와 선생님과 보리누름 문학기행에서 찍은 사진이다. 포항문학에서는 20여 년 전부터 지금까지 해마다 보리가 무룩히 익어가는 5월말, 6월 초순 즈음에 20여 만 평이나 되는 호미곶 보리밭둑에 가서 시도 읽고 대금이나 향피리 등 국악 연주자들을 초청해 아름다운 우리 선율에 취하기도 하고, 보리밭둑 몇 그루의 해송가지에서 툭툭 던지는 뻐꾸기 소리를 들으면서 한나절 술에 절어 돌아오는 「보리누름 문학기행」을 열어오고 있다. 20여 년 전 처음 '보리누름'을 시작한 곳은 호미곶이 아니라 구룡포 삼정리 소재 바닷가의 조그마한 보리 언덕 위 솔숲이었다. 엄청난 소주와 보리향기에 취해 우리 젊은 날의

질박한 문학적 열정이 뻐꾸기 소리에 젖어 돌아오는 햇그늘은 참으로 행복했던 시절이었다. 얼마간의 시간이 지나고 선생님은 호미곶 가까운 강사리에 '청니헌'이라는 당호로 서재를 지으셨는데 우리 문단의 여러 시인 작가들이 오셔서 청니헌 벽난로에 동해의 푸른 파도를 구워 술을 마시며 교분을 나누시곤 했다. 그 때마다 선생님은 꼭 포항의 젊은 시인들을 불러 자리를 같이하도록 하셨다. 그 때 백낙청, 이문구, 이호철, 신경림, 염무웅, 안종관, 이시영, 송기원, 김사인 같은 우리 문단의 원로 중견시인 작가들이 다녀가셨는데 변방에 엎드려 있으면서 중앙 문단 출입을 전혀 하지 않은 나로서는 가까이에서 선배 문인들을 뵐 수 있었던 참 좋은 자리였다.

선생님은 늘 나에게 '김선생, 니는 대기만성(大器晩成)형이니 너무 너 자신을 깝치지 말고 멀리 보고 천천히 꼼꼼히 공부해 나가라'고 말씀하시곤 했는데, 선생님은 매정스러울 정도로 철저하게 나의 문학공부를 지켜보시면서 제대로 된 문학의 길을 갈 것을 독려해주셨다. 그러한 선생님의 가르침 덕으로 나는 1987년 「실천문학」에 시를 발표하면서 둔하고 느린 내 시 공부에 약간의 탄력을 붙이기 시작했다. 1991년 첫 시집 <소리내기>가 실천문학의 시선으로 발간되고 1987년 두 번 째 시집<햇빛은 굴절되어도 따뜻하다>가 발간될 때까지 선생님은 끝없는 채찍으로 나를 이끌어 주셨다. 1960년 말 <조선일보>, <매일신문> 신춘문예로 등단하신 이래 선생님은 각종 아동문학상을 거의 수상하셨는데 2000년 5월 <방정환 문학상>을 수상하시고는 그 해 6월, 고혈압으로 쓰러져 9월 2일, 60세의 안타까운 나이로 영원히 우리 곁을 떠나셨다. 선생님은 가셨지만 선생님이 남긴 굵고 깊은 문학적 열정의 자국은 우리들 가슴에 깊이 새겨져 있다. 포항문학에서는 이듬 해 1주기 추모특집을 했는데, 5주기 쯤에 선생님의 문학비 건립 등 본격적인 추모행사를 가지고자 여러 준비 중에 있다.

5. 초롱이네

큰 아이 민현이가 고등학교 2학년 때인 2000년 8월 14일 설악산 비선대에서 찍은 가족사진이다. 큰 녀석의 대입 준비로 바쁘기 전 아이들에게 며칠이라도 가족이라는 연대감을 확인시켜 주고자 설악산 일대로 가족여행을 갔다. 그 때 나는 어쩌면 이렇게 오붓하게 가족이 다함께 여행 와서 사진 찍는 것은 마지막이 아닐까 하는 서글픈 생각이 앞섰다. 아이들 커서 대학 가고 제 팔 제 흔들며 다닐 때면 조선 어디에도 그런 일은 다시 없을 법하지 않겠느냐는 생각이 들었기 때문이다. 그 여름 모처럼의 2박3일 설악산 가족 여행은 가족이라는 것이 무엇인가를 느낄 수 있었던 소중한 시간이었다.

좀 엉뚱한 얘기일는지 모르지만 나는 내 이름자가 촌 머슴 이름자 같아서 철들면서부터 많은 콤플렉스를 느껴왔다. 지금도 솔직히 그런 느낌이 없는 것은 아니다. 시집을 낼 때마다 필명을 염두에 두지 않은 것은 아니나, 이름 얹어주신 부모님에 대한 불효와, 마흔 몇 해 살아오면서 맺은 인연들이 겪을 혼란스러움 때문에 개명이나 필명

사용의 생각을 접었던 것이다. 그래서 내 아이들의 이름은 족보의 항렬이나 돌림자에 구애받지 않고 내가 지었는데, 큰아이는 '민현', 막내는 '초롱'이라고 지었다. 1982년 초등학교 교사인 아내 홍혜순과 결혼한 나는 결혼과 동시에 아내의 벽지 학교 근무관계로 신혼 초, 6년간 떨어져 살았던 적이 있는데 자연히 우리는 월말, 주말부부가 되었다. 아직도 그 꿈같다는 신혼 시절을 잃어버린 데 대한 안타까움을 품고 사는 아내를 볼 때마다 미안한 생각을 지워버릴 수 없다. 그러나 나는 그 기간 동안 아내가 없는 텅 빈 신방에서 열심히 읽고 쓰고 해서 어설프긴 하지만 시인의 길에 나설 수 있게 된 것이다.

큰 아이는 영문학을 전공한다고 대학에 가 있고, 고명딸 초롱이는 지금 고등학교 1학년이다. 어릴 적 초롱이는 문재(文才)가 있는 아이였다. 초등학교 3학년, 6학년 때 두 번이나 지역의 백일장에서 시부장원을 차지하는 등 글쓰기에 특별한 재능을 보여 나의 뒤를 이어 문학을 할까 내심 기대를 걸고 있었는데, 고등학교에 진학하면서 동물의사가 되겠다는 꿈을 키우고 있다.

6. 가을 하늘이 있는 나라

1995년 9월 말 미국 LA에 있는 초등학교 방문 때 이름이 분명히 기억나지 않는 그 학교 교장선생님과 찍은 사진이다. 당시 시 도교 육청 단위로 경력 교사들을 중심으로 해외시찰 연수라는 것이 있었 는데 나는 미주 지역에 배정 받게 되었고 12박 13일 일정으로 도착 한 첫 시찰지가 LA였다. 26명의 연수 단원들은 초 중등교사로 구성 되었는데 명분은 선진지 시찰이었지만 몇 몇 교육관련 현장 방문을 제외하고는 사실상 관광에 가까운 연수였다. 맨 먼저 찾은 곳이 LA 한인타운이 가까운 어느 초등학교였다. 대부분 줄을 서서 학교 시설 물을 둘러보고 몇 몇 특별활동 부서 수업을 참관하기도 했는데 나는 어쩌다 그 학교 교장 선생님과 몇 마디 어눌한 콩글리쉬로 대화를 나누게 되었다. 그는 '한국은 가을 하늘이 있어 원더풀'이라는 것과 '한국의 학생들은 너무 공부에 매여 있는 시간이 많다'는 얘기를 했 다. 가이드의 도움을 받아 나눈 대화 중에서 안 일이지만 그는 박정 희 독재 시절 유네스코 국제봉사단의 일원으로 한국에 온 적이 있었는데 당시 한국의 열악한 인권 상황에 대해 많은 관심을 가졌고 한국의 민주화에 대한 우려와 함께 조그마한 비전을 가지고 돌아왔다고 회상하는 말들을 들었다. 맑고 깊은 우리의 가을 하늘과 시위대에 퍼부어 댄 최루가스가 자욱한 뿌우연 하늘을 함께 기억하고 있는 그와 손짓 발짓으로 나눈 짧은 대화는 많은 것을 느끼게 해 주었다. 그리고 아직도 각종 공해와 끊기지 않는 갈등으로 벌어지고 있는 각종 시위에 퍼부어 대는 최루가스와 물대포로 흐려지곤 하는 우리의 가을 하늘을 생각게 했다. 한 반에 스무 명도 안 되는 아이들과 저런 것도 수업인가 라는 생각이 들 정도로 자유분방하게 공부하는 모습들을 보면서, 나는 당시 학급당 50명이 넘는 아이들이 밤 11시가 넘는 시간까지 야간자율학습을 하며 갇혀있는 우리의 안타까운 교육 현실을 생각하며 어떤 쓸쓸함이랄까 아픔 같은 것을 느끼며 그 학교를 떠났었다.

7. 푸른시·푸른시인학교

일곱 번 째 간직하고 싶은 사진은 2001년 여름, 황동규 시인과 함께 한 제3회 푸른시인학교에서 김명인, 이숭원, 홍신선, 김윤배, 문인수 시인과 푸른시 동인들이 찍은 것이다. 여기서 조금은 '푸른시 동인'과 '푸른시인학교'에 대한 얘기를 해야 할 것 같다.

80년대 초 포항을 중심으로 활동하던 <이웃과 시>동인들은 몇몇이 삶의 터를 옮기며 헤어지고 동인 활동은 중단되고 말았다. 포항문학이 문협 지부라는 간판을 달긴 했지만 실제 안 쪽을 들여다보면 포항문학의 성격이 여느 문협 지부와는 사뭇 다른 점을 발견하게 된다. 포항문학은 추구해 가는 방향이나 활동은 물론 무크지로 발간하는 '포항문학'의 성격만 보더라도 다른 지역의 문협 지부 기관지 같은 성격과는 판이하게 다르며, 다분히 진보적이고 리얼리즘적 색채를 강하게 띠고 오늘까지 오고 있는 것이다. 이를테면 몇 해에 걸친 노동문학 특집을 비롯하여 '문학과 현실', '문학과 종교', '문학과 자연', '문학과 환상' 등의 특집에서 확인할 수 있듯이 우리 문단 차원의 비중 있는 일련의 작업들을 꾸준히 해 옴으로써 지역문학의 여러 한계를 극복해 오고 있다. 포항문학은 올해로 무크지 제 23호를 발간하면서 더욱 탄탄하게 자존적 지역문학의 위치를 다져가고 있다,

1999년 포항문학의 시인 몇 명이 모여 지속적이고 체계적인 시 공부를 위해 동인을 결성하기로 하고 <푸른시>라는 이름으로 동인이 출범하게 되었다. 내가 초대 회장을 맡고 이종암 시인이 총무를 맡았다. 차영호, 하재영, 이종암, 손창기, 김종형, 조현명, 권선희, 최영미 시인 등이 매월 한 차례 정기적으로 만나 각자가 써온 신작 2편을 가지고 작품토론, 독서토론 등을 해 오고 있다. 그리고 해마다 동인지<푸른시>를 발간해 오고 있는데, 올 가을 제5호가 출간되게 된다.

그리고 동인이 결성되던 원년부터 하계 문학 캠프인 '푸른시인학교'를 열어왔다. 1999년 이하석시인 2000년 김명인시인 2001년 황동규시인 2002년 문인수시인 2003년 정희성 시인을 초빙해서 포항시 북구 죽장면 소재 죽북초등학교에서 문학 캠프를 열었다. 지난 2001년 여름 푸른시인학교는 분교장의 하늘을 덮은 플라타너스 나무 그늘 아래 60여명의 독자들이 오골오골 모여, 황동규 시인의 문학강연과 시집 싸인회, 시인과의 대담 등을 통해 격이 없이 시와 시인의 향기에 젖었던 아름다운 시간들이었다. 그 날 황동규 시인의 강연 화두는 '시는 체험의 형상화'였다. 아직도 내 가슴에 또렷이 남아있는 선생님의 한 마디 말씀은 '언어 지상주의자가 아니더라도 시인은 주어진 언어의 한계와 싸우게 됩니다'이다. 그 날 선생님의 목소리는 너무나 단아했고 논리적이었으며 또한 열정적이었다. 1박 2일의 짧은 일정이었지만 너무도 푸른, 잊지 못할 시간들이었다.

선생님과 함께 오신 김명인, 이숭원, 홍신선, 김윤배, 문인수 같은

선배 시인들과 독자, 지역의 문학지망생들과 어울린 햇그늘부터 늦은 밤까지 이어진 2부 행사는 너무도 감동적인 시간들이었다. 어스름이 깔리면서 시작된 산중 음악회는 시와 가곡과 자연이 어울려 만들어내는 감동의 절정이었다. 나의 제자이기도 한 바리톤 임용석 교수(이태리 유학 후, 영남대, 계명대 출강)가 부른 '선구자', '산여울' 같은 가곡이 조그만 분교 마을 푸르른 산골짝에 울려 퍼졌다. 얼굴마다 비친 붉은 노을이 푸른 어둠으로 변해 갈 즈음 그 노래 소리는 둘러앉은 우리들 가슴 속 벅찬 감동의 무늬로 번져오고 있었다. 피아노가 없는 분교에서 연주된 저음의 첼로 선율은 우리를, 운동장 바닥 군데군데 펼쳐놓은 오징어무침 안주와 소주가 아니더라도 무아지경으로 몰아넣기에 충분했다. 이종암 시인의 사회로 이어진 뒤풀이에서의 황동규 선생님 노래는 참으로 절창이었다. 이상하게 들릴지 모르지만 그 날 밤 학생들은 선생님을 가만 놔두질 않았다. 나는 그 날 술에 취하시고 노래에 취하시고 백두대간의 꼬리 쯤에 솟은 보현산 그 푸른 숲 향기에 취하셔서 너무도 좋아하시는 선생님의 모습을 보았다. 우리 시대 시문학의 거장과 변방의 푸른 밤 내내 어깨 두르고 노래하며 인생과 사랑에 대해 애기를 나눈 그 푸른 밤을 나는 오래오래 잊지 못할 것이다.

8. 후포, 빗속의 바다낚시

시인 김명인 선생님을 처음 뵌 것은 선생님이 2000년 여름 제2회 푸른시인학교 초청시인으로 포항에 오셨을 때이다. 그 때 선생님은 고등학교까지 어린 시절을 보내셨다는 선생님의 고향이 포항에서 멀지 않은 울진군 후포여서 여름 문학 캠프를 마련한 동인들을 고향 후배들처럼 참 따스하게 대해 주셨다. 그 날 별똥별이 비처럼 내리던 죽북초등학교 운동장의 밤은 내내 푸른 향기가 자욱이 넘쳐흘렀다. 준비해 간 술을 다 말려 버려서 심야에 그 마을 가게에 있는 각종 술들을 몽땅 수배해서 마셔버릴 정도로 시와 소주와 별똥별과 노래(그 밤 선생님은 '시인은 자고로 노래 300곡은 부를 줄 알아야 한다'는 지론을 펴시며 끝도 없이 노래를 부르셨다)가 어울린 기막힌 밤이었다. 그 다음날 선생님과 이런 저런 고향에 대한 얘기를 나누다가 우연히 낚시 얘기가 나왔는데 선생님이 고등학교 때 까지 바닷가 마을에서 보내신 탓인지 몰라도 이미 남·서해 원도 출조를 하실 정도로 프로급의 낚시 매니아라는 사실을 알게 되었다. 나도 어린 시절부터 바닷가 아이로 자라고 눈만 뜨면 푸른 바다를 끼고 생활해 온 터라 낚시에 대한 관심이 많은 편이었다. 사실 나이 들면서 서서히 바다낚시에 재미를 붙여 가을이 접어들면 휴일은 바다낚시를 즐기고 있었던 것이다. 전문 꾼은 아니지만 제법 낚시 바늘을 내가 매어 사용하면서 주변이 천혜의 낚시터인 지역의 여기저기에서 소위 손맛보기에 몰두한 적이 있었는데 방학 때가 되면 감성돔 대물을 겨냥해 선생님의 고향인 후포까지 출조하곤 했다. 선생님은 연휴 때나 방학이면 가끔 고향에 내려와 낚시를 즐기신다고 하셨고, 그 후 선생님은 몇 차례 후포에 내려오셔서 포항문학의 장승부시인과 만나 낚시를 하시곤 하셨다. 2001년 여름, 황동규 선생님이 제3회 푸른시 인학교 초빙강사로 내려오실 때 김명인 선생님도 동행을 하셨다. 며칠을 어머님이 홀로 계신 고향(후포면 직산)에 머무르시며 어머니와 오랜 시간 말동무도 하시고 마을 바닷가 방파제에서 낚시도 하셨는데 그 때 나도 선생님과의 낚시를 위해 자동차로 한 시간 반 거리의 선생님의 고향집을 찾은 적이 있다. 넓은 바다와 접한 평해 들녘의 낮은 산자락엔 아담한 선생님의 옛 집이 있었고 이른 가을꽃들이 피어 있었다. 뒤란의 돌층계를 오르면 아담한 예배당이 깨끗하게 자리하고 있었는데 선생님의 어머님(권사님)은 몇 해 전까지 <성민기도원>이란 이름으로 기도원을 운영하셨는데, 지역의 신도들이 가끔 올라와 기도하는 곳으로 사용되었다고 일러주셨다. 아들을 우리나라 유수한 대학의 교수로, 우리 시단의 중견시인으로 키우신 연세 높으신 어르신네의 그윽한 눈빛과 구수하고 따스한 말씀이 오래 가슴에 남아 있다.

선생님이 손수 차린 점심을 먹고 우리는 직산 마을의 조그마한 방파제에 나가 내항 쪽으로 낚시를 던졌다. 거기는 여느 큰 항구의 내항처럼 기름이 뜨고 오폐수가 흘러들어 더러워진 바다가 아니었다. 틈틈이 망상어, 황어, 뱅에돔, 숭어 같은 잡어들이 잡혔다. 오후 들면서 우중충하던 하늘에서 비가 내리기 시작했다. 500원 짜리 비닐 우의로 경무장한 선생님도 나도 그만 거두어 들어가자 라는 말을 누구도 먼저 하질 않았다. 오후 4시가 좀 넘어 어두워질 때 쯤 되면 바다의 물 흐름이 바뀌어 어쩌면 대물 감성돔이 들어올지도 모른다는 기대를 하며 선생님도 나도 말하진 않았지만 빗속에서 놈들을 기다리고 있었던 것이 분명했다. 외등이 설치되지 않은 조그만 해안마을의 방파제에서 우리는 야광찌를 끼워 던지면서까지 말없이 기다리고 기다렸다. 저녁 7시 즈음 낚싯대를 거두어 접고, 잡은 고기의 제법 묵직한 거물망을 건질 때까지 우리는 그 은빛 비늘의 눈빛 고운 녀석들에 대한 미련을 버리지 못하고 있었던 것이다. 그러나 우리는 그날 그 녀석들을 결국 만나지 못하고 철수하고 말았다.

그 날 방파제 머리에서 선생님과 헤어져, 언제 다시 선생님과 만나 낚시를 할 수 있을까하는 생각을 하면서 포항으로 내려왔다. 얼마 전 어느 문학잡지에 실린 선생님의 매물도 낚시에 대한 시를 읽고 선생님과 함께 한 후포 바다, 그 빗속의 낚시를 떠올리며 웃었다. 올 겨울에는 선생님과 함께 후포 바다 눈빛 고운 감성돔을 꼭 만나보고 싶다.

9. 솔뫼 정현식

　서예가 솔뫼 정현식 선생과의 만남은 나에게는 뜻밖의 일이었다. 선생과는 일면식도 없는 사이였지만, 평소 참 편안한 글씨를 쓰시는 분이라 여겨 한 번 뵙고 싶어 했던 차에 뜻하지 않게 선생과의 만남이 이루어진 것이다. 솔뫼는 '그림 같은 글씨, 글씨 같은 그림'이라면 말이 될 지 모르지만, 끝없이 새로움을 추구하는 멋있는 서예가다. 기존의 패러다임을 과감히 깨뜨리고, 전통의 현대적 변용을 꿈꾸며 민체(民体)라는 독특한 서체를 개발해 우리나라 서예계의 중요한 중견 서예가로 활동 중인 분이다. 대한민국서예대전 초대작가 외에도 그의 중후하고 화려한 프로필이 말해 주듯이 그는 서예 분야에서 내노라 하는 대가인데 어느 날 덜렁 포항문예아카데미 3기에 등록해 시를 배우겠다고 찾아온 것이다.

　이쯤에서 문예아카데미에 대해 조금 언급을 해야 할 것 같다. 포항문예아카데미는 여러 지역민들이 시민 문학강좌의 필요성을 절감해 오던 중 1998년도 세무사이며 수필가인 조유현 선생님의 도움을 얻어 내가 김정구, 장태원, 윤석홍, 하재영, 박창원, 조현명 등 몇 몇 시인 작가들의 뜻을 모아 발족시킨 시민 문학강좌이다. 대도시에는 대학의 평생교육원 강좌나 특정 문학단체들이 운영하는 문학강좌가 있지만 인구 50만의 포항시에는 그런 시민 문학강좌가 없는 실정이었다. 지역에서 처음으로 설립된 포항문예아카데미는 매주 목요일 7시부터 9시까지 강의를 하고, 각종 문학체험행사(시 낭송회, 문학캠프 참여, 문학 기행, 문집발간 등)를 통해 문학하는 정신과 기법들을 터득토록 지도해오고 있다. 지금은 제 6기 20여명이 수강 중에 있으며, 그 동안 150여명이 과정을 수료했는데 그 중 20여명이 신춘문예 당선, 각종 문예지 추천 등단, 문학상 수상 등의 소담스런 성과가 있었다.

솔뫼 정현식 선생이 수강하겠다고 찾아왔을 때 이미 선생의 습작 노트에 시가 소복할 정도로 선생은 시에 대한 남다른 관심과 열정을 가지고 있었다.

그의 시는 우리의 전통문화의 시적변용에 관심을 두고 있었는데 상당수의 작품들이 예리한 포착력과 섬세한 감성으로 짜여져 있어 이미 일정한 수준에 도달해 있었다. 가르치고 배우는 사이가 아니라 나는 선생의 웅숭 깊고 따스한 인간미와 해박한 한학적 학문의 깊이 (2001년 5월 '서예작품과 만나는 노자 도덕경'을 펴냄)와 서예가로서의 그 묵향에 취해 매주 목요일 밤을 참 행복하게 보내게 되었다. 사진은 경주교육문화회관 초대 선생의 서예전에서 김정구 시인과 함께 찍은 사진이다. 좌우의 아름다운 여인들은 솔뫼의 아카데미 3기 동기생들이다. 나는 선생과의 이러한 인연으로 나의 세 번째 시집이 나왔을 때 선생이 손수 전각한 낙관 둘을 선물 받게 되었을 뿐만 아니라 지역 예술제 시화전에서 선생의 글씨를 받는 기쁨을 맛보았다.

10. 다이나믹한 증기 기관차 - 이종암 시인

내 생애 중요한 순간 마지막으로 나의 세 번째 시집 출판기념회 때 이종암 시인과 찍은 사진을 올린다. 거기엔 특별한 이유가 있기 때문이다. 그것은 이종암 시인과의 만남에서 나는 내 시 공부에 큰 변화와 함께 새로운 힘을 얻었기 때문이다.

그는 하루 종일 얼굴을 마주 볼 수 있는 같은 교무실에서 같이 국 어를 가르치며 근무하고 있는 동료 교사이다. 그와는 열 살 정도의 나이 차가 있지만, 눈빛이 아니라 뒤통수만 보아도 생각을 가늠할 수 있을 만큼 나이나 학교에서의 역할을 뛰어넘어 친하고 형제 같이 격이 없이 지내고 있는 사이다. 십여 년 전 그가 부임해 왔을 때 그 는 어떤 열정이 이글거리는 열혈 청년이었다. 그와 나는 자연스레 포항문학에서 만났고 푸른시 동인을 결성하는데 주도적 역할을 맡았 다. 같이 시 공부를 하면서 혹은 지역의 각종 문학행사들을 기획하 고 준비해 실행하면서 나는 그에게서 엄청난 힘과 어떤 문학적 뜨거운 혼이 살아 꿈틀거리고 있음을 느꼈다. 대학시절 '천마문화상' 평론 부분을 수상할 만큼 작품을 보는 예리하고 깊은 안목을 가졌으며 시원시원하게 시를 써내는 그는 정말 다이나믹한 증기 기관차 같은 힘이 넘치는 문학청년이다. 그는 순발력이 있으면서도 참 부지런한 사람이기도 하다. 그는 그의 나이 즈음에 의당히 짐 지워질 수 밖에 없는 일이지만 경북작가회의, 포항예술문화연구소, 푸른시 동인 등 각종 문학단체, 동인, 동아리에서 궂은 일을 도맡아 하는 사무국장, 간사, 총무 등을 몇 개씩 맡으면서도 그 일들을 충실히 잘 감당해 내는 능력을 가진, 생래적으로 참 부지런한 사람임에 틀림없다. 또 그는 특유의 친화력과 섭외력을 가졌으며, 난관을 만났을 때 정면으로 돌파하는 당당함과 꼿꼿함도 겸비한 곧고 당찬 청년이다. 그리고 그는 참 많은 신간을 놓치지 않고 읽어내는 부지런한 시인이다. 나는 교무실 그의 자리 근처를 지날 때마다 곁눈질을 하곤 한다. 그의 책상 위에 어떤 책이 놓여 있는지, 어떤 책을 읽고 있는지 늘 궁금해 하며 부러워하기도 했는데, 나는 어느 날 "이 선생 나도 니가 읽는 대로 읽을테니 서점에서 니가 구입하는 신간은 어떤 책이든지 내꺼도 그대로 좀 사다 도"라고 부탁을 했다. 그 이후 이 선생은 틈틈이 서점에 들러 신간 시집이며, 산문집 등 문학서적들을 사다주는 수고를 기꺼이 해 주었고, 불쑥 손을 내밀면 두말없이 책값을 건넨 것이 벌써 몇 년째다. 덕분에 나는 그런대로 신간들을 챙겨 읽게 되었고 포항까지 유통되지 않는 책들은 도매점에 부탁을 해서라도 구해서 읽게 되는 행복을 맛보고 있는데, 이 모두 부지런한 이종암 시인의 덕이 아니고 무엇이겠는가.

그는 가끔 충동적이고 일탈적인 그의 언행 때문에 주변을 당혹스럽게 할 때도 있다. 그러나 나는 그것이 그의 그런 힘을 자아내게 하는 원동력임을 알기 때문에 한 번도 제동을 걸어본 적이 없다. 가끔은 오히려 부추겨 주고 주변의 이해와 공감대를 유도하는 역할을 나는 기꺼이 해 왔다.

그는 선천적으로 노래를 잘 부르는 노래꾼이다. 그에게는 잔잔히 흘러오는 어떤 신명 같은 것이 있음을 그와 한 두 번 자리를 같이해 본 사람이면 쉽게 느낄 수 있다. <산>, <부용산>, <편지>, <봄날은 간다> 등이 그의 애창곡인데 한 곡을 들어본 사람은 그 다음 곡을 듣지 않고는 못 베길 만큼 절창이어서 많은 팬들을 가지고 있다. 또 한 그는 내 시의 좋은 독자이며 모니터 역할을 해주곤 한다. 나는 스스럼없이 신작을 보여주고 그의 의견을 듣는다. 시를 보는 그의 눈은 넓고 깊으며 정확하기 때문이다.

그는 곧 무슨 일을 저질러 놓고 말 것 같은 푸른 충동과 힘과 패기가 있는 젊은 시인이다. 그러나 그는 경박하거나 순간적이거나 파괴적이지 않다. 얼마 전 발간된 그의 두번 째 시집을 보면 그가 보기보다 얼마나 깊고 진중한 사람인가를 알 수 있다.

무정 세월 속 우리에게 무슨 기쁜 날 그리 있어 가슴에 꽃 꽂고 후레쉬 터트려 사진 한 장 다시 찍을 수 있을까 하는 생각이 든다.

이리 감동이 없는 시대에 늘 가까이서 그를 만나고 같이 시를 얘기하고 어깨 걸고 함께 가는 내 생애의 한 순간들은 그가 있어 더욱 행복한 것이다.

김만수 시인은 경북 포항에서 출생하여 1987년 <실천문학>에 "소리내기1"외 4편을 발표하면서 작품 활동을 시작했다.

1985년, 포항제철이 설 당시 이주민들의 애환을 다룬 장시 "송정리의 봄"을 발표하였고 1991년 실천문학사에서 첫 시집 <소리내기>를 간행했으며, 1997년 책만드는 집에서 시집 <햇빛은 굴절되어도 따뜻하다 >를, 2001년 실천문학사에서 시집 <오래 휘어진 기억>을 발간하였다. 민족문학작가회의 회원으로 활동 중이며, 포항문학회원, 경북작가회원, 시동인 <푸른시>회원, 포항문예아카데미 원장으로 활동하면서 대동고등학교에 재직 중이다. ● 이메일 gangmura@hanmail.net

종이 눈썹

초판 1쇄 인쇄 2003년 9월 18일
초판 1쇄 발행 2003년 9월 24일
지은이 / 김 만 수
펴낸곳 / 새로운눈®^^
펴낸이 / 이 춘 호

등 록 / 2002년 4월 19일(제1-3031호)
주 소 / 서울 종로구 당주동 32 황금빌딩 102호
전 화 / (02)722-6603
팩 스 / (02)722-6604
E-mail / dangre@dangre.co.kr

값 7,500원